Para Juliette
De su papá.

Para Évelyne
M. B.

Puedes consultar nuestro catálogo en
www.picarona.net

LA SEÑORITA HIPO QUIERE HACER ANIMALADAS
Texto: *Christian Jolibois*
Ilustraciones: *Marianne Barcilon*

1.ª edición: abril de 2019

Título original: *Mademoiselle HIPPO veut faire des bêtises*

Traducción: *Pilar Guerrero*
Maquetación: *Montse Martín*
Corrección: *Sara Moreno*

© 2018, Kaléidoscope
www.editions-kaleidoscope.com
(Reservados todos los derechos)
© 2019, Ediciones Obelisco, S. L.
www.edicionesobelisco.com
(Reservados los derechos para la lengua española)

Edita: Picarona, sello infantil de Ediciones Obelisco, S. L.
Collita, 23-25. Pol. Ind. Molí de la Bastida
08191 Rubí - Barcelona - España
Tel. 93 309 85 25 - Fax 93 309 85 23
E-mail: picarona@picarona.net

ISBN: 978-84-9145-260-7
Depósito Legal: B-5.736-2019

Printed in Spain

Impreso por ANMAN, Gràfiques del Vallès, S. L.
c/ Llobateres, 16-18, Tallers 7 - Nau 10. Polígono Industrial Santiga
08210 - Barberà del Vallès (Barcelona)

Christian Jolibois   Marianne Barcilon

LA SEÑORITA
HIPO
QUIERE HACER ANIMALADAS

Picarona

En mitad de una marisma,
la señorita Hipo se pone en remojo ella misma.

¡Mira qué sensata!

Esta pequeña se llama Dientecitos
y es el orgullo de su papá y su mamá.
—¡Cómo nos gustaría tener una peque tan sensata! –dicen los otros papás–.
Nuestros peques son diablitos.

—Es verdad que soy muy sensata…
Pero que muyyy sensata –reconoce Dientecitos,
cerrando sus lindos ojos y dando unos rugiditos.

Acerquémonos a ella. Que no se nos mueva ni un pelo, que no se oiga ni un ruido,

ya que parece dormir…

Pero Dientecitos no se está echando la siesta.

¡No, no, no!

Y nos vuelve a repetir:

—¡Es que soy sensata, muyyy sensata!

Si miramos sobre el agua, nada se mueve, todo está quieto,
pero por debajo todo es movimiento.
Lejos de las miradas, sus patas se mueven como el viento.
Dientecitos patea, golpea, taconea y menea el fondo lodiento.

¡Pam, patapim, pam
Tachín Tachánnnn!

¿Será que tanto sol la ha vuelto turuleta?
¡Para nada!
La señorita Hipo mete la cabeza bajo el agua
para que no la oigan gritar desquiciada:
—¡Ya no quiero ser tan sensata!

¡Quiero hacer animaladas!

Hace tanto que lo sueño, que ya estoy desesperada…
Aunque sólo fuera una…, una animaladita de nada…
Para saber qué se siente ¡porque debe de ser
una pasada! –la señorita Hipo
imploraba.

Y pensando en ello, redobló su pataleo.

¡Pam, patapim, pam
Tachín Tachánnnn!

Ya no puede más.

—Tengo ganas, muchas ganas… –repite Dientecitos apretando los dientes.

Está lista para estallar.

—¡Oh, sí, oh, sí, oh, sí, oh, síííí…! Tengo que hacer una animalada
o acabaré chiflada. ¡Una buena animalada que me haga partirme
de risa hasta llorar desternillada! –dijo pegando saltitos.

¡¡¡Pam, patapim, pam
Tachín Tachánnnn!!!

Y entonces percibió en su hocico un golpeteo:

¡TOC! ¡TOC! ¡TOC!

Y una voz que le anunciaba con sonido trompetero:

—¡Abre esa gran bocota!

«¡Es don Pico, el dentista!», pensó llena de pavor.

No es algo que la gente sepa,
pero los hipopótamos pasan
la visita del dentista
¡dos veces al día!

Después de cada comida, el siempre enfadado señor Pico,
llega gritando y dando órdenes como un cocinero:

—¡La boca!

¡Abre la boca!

¡Más, mucho más!

¡Todavía más, niña mala!

—¡Ay, ay, ay! —se queja la señorita Hipo.

¡Va usted a hacerme daño, señor Pico!

—¡Pero cómo eres tan blandengue! —le responde malcarado.

Y prosigue su inspección con cara de preocupación:

—¡¡¡QUE ABRAS MÁS LA BOCA TE HE DICHO!!!

—¡Abre más, mucho más!
¡Todavía más y más!

–grita el señor dentista.

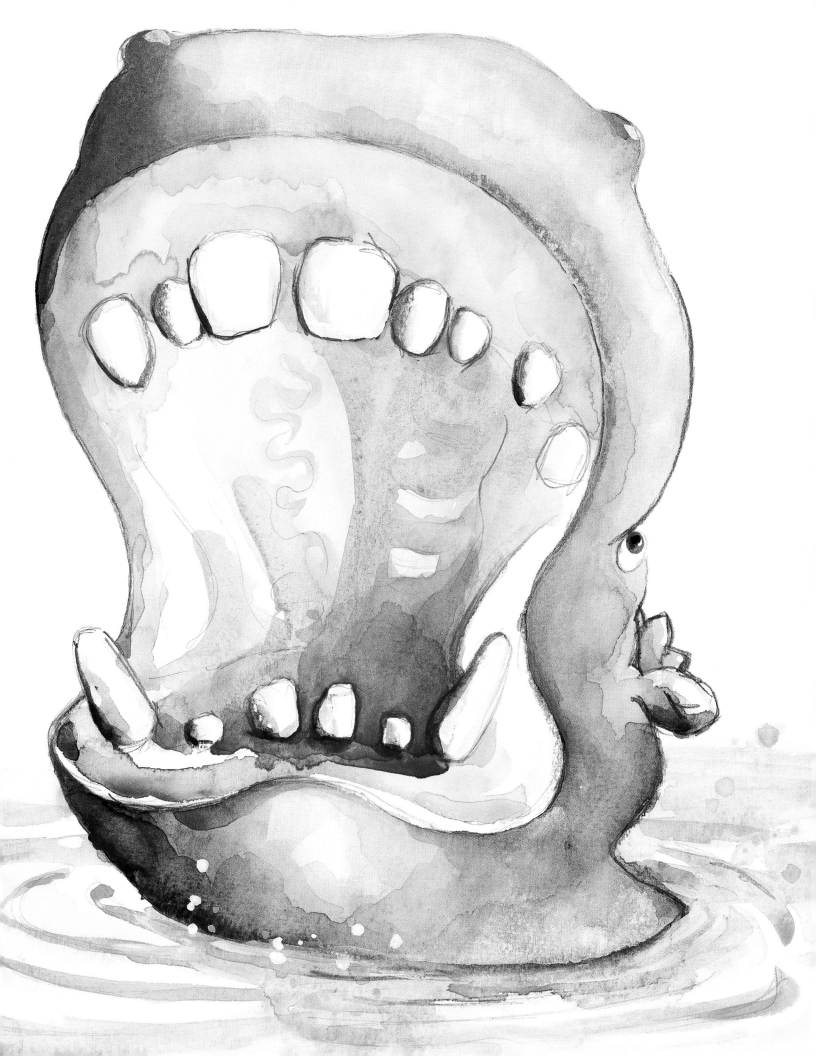

¿Y qué pasó en ese momento?
Que la boca de Dientecitos se cerró en un aliento y

¡¡¡PAM!!!

¡El dentista se quedó dentro!

Dientecitos sintió una cosa que le bajaba por el gaznate
y pensó horrorizada:

—¡Caramba!
¡Me he tragado al dentista
como si fuera una gamba!

Después sonrió con todos sus dientes:

—¡Creo que he hecho una animalada de las gordas!

La repentina desaparición del antipático dentista
sorprendió en gran manera a la fauna de la marisma.

Vino a sustituirlo una dentista simpática
de dulce voz y buena plática.

Y de ahí en adelante,
fue un placer abrir la boca
y enseñar todos los dientes con el mejor talante.

Dientecitos ha cumplido su sueño.

—¡Olé!

¡Merece la pena no ser siempre tan sensata!